A mes Amis de jeunesse

(N° 1)

Après - Soupa

POÉSIES PROVENÇALES

PAR

Joseph BRIOL

Prix : 50 centimes

DRAGUIGNAN

IMPRIMERIE ET LIBRAIRIE GIMBERT FILS, GIRAUD ET Cie
4, Place Claude Gay, 4

1879

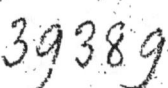

PRÉFACE

Ce petit livre sera-t-il heureux?

C'est la question que se posent les auteurs chaque fois qu'ils livrent un ouvrage à la publicité.

Je fais exception à la règle et je dis :

« Que m'importe qu'il ait de la chance ou qu'il n'en ait pas. »

Public, si tu me l'achètes, tu me feras plaisir ; si non, çà m'est égal.

Ce que je veux, c'est, tout simplement, sous le titre de « **Après soupa,** » publier peu à peu toutes mes poésies provençales et rendre le souvenir de mes anciens camarades ineffaçable.

C'est donc à eux que j'offre le premier fruit de mes après-soupers.

Au revoir !

J. B.

A moun ami Joousé BRIOL

M'as fa rire din toun Jacot,
Encaro ben mai din Nourado ;
Ti siès tengu, man amarado,
Coumo lou poèto Bellot.
As fa rire toun oouditoiro,
Cresi que fariès uno histoiro
Dessu n'impouarto qu'u serié
Et de segu cadun ririé !
As l'imaginatien facilo ;
As pas l'er de ti fa de bilo,
Per espeli d'uno cansoun.
Briol siès un brave garçoun,
Siès jouine, as enca long à viouré,
Teis lectours demandount de viouré ;
Car an fam deis nouveou mouceou
Qu'espeliran de toun cerveou !
. . . .
Iou, toun ami, ti recoumandi
Et de tout moun couar ti demandi
Quan faras enca qu'oouqu'aren
De m'hounoura de toun présen !

JULES LEJOURDAN.

Lou Parisien

Pichoun faï tamben de lun pèso.
(Chansons provençales).

Victor GELU.

A JULES LEJOURDAN

Ai liegi, su d'un viei journaou,
L'a pas longtem, uno tirado.
  L'ai revirado,
  Moun cambarado !
  En prouvençaou.

Un Parisien, dins la Giroundo,
Venguet per coumerço traita ;
Ce que ti diou, es vérita,
Passavo en blago, Gambetta ;
Coumo eou sa bédeno ero roundo.
Vaquito que lou négoucian,
Me plesi, l'ooufrisse sa taoulo ;
Lou franciot, remercian,
Li tenguet testo en parabaoulo ;
De justé, coumo à n'un clian.
Tout en briffan, féroun affaire ;
Puei, quan lou ventre seguer plen,
(Avien mangea, cresi, d'alen,
De pouar, de fayoou mé de praire),
Si touquéroun, coumo de fraire,

La man, et lou representan
Sorté per faire sei visito...
Un bouan dina, vous nécessito
Uno envegeo... Lacho un mountan
De la bretello de seis brayo.
Car, dins lou found de seis entrayo,
Sentié la guerro s'alluma.
Semblavo un gaou qu'es despluma.
S'enfounço lou capeou de paillo,
Intro dins uno brassarié,
Crésen que lou thé, li farié
Descendre ce que li mountavo.
Lou ventré toujou li pétavo,
Et deis fayoou toujou sooutavo.
Uno couliquo es p'amusan,
Pago vite tout en fusan,
Un jooubias que lou relucavo.
Parte per sa chambro en courren,
Arribo mourtaou, suzaren,
Tout en bouffan, senço ratello,
Quitto faquino, me bretello.
. . . .
Sabès qu'à Bordeou, leis oustaou
Sount bastids d'uno aoutro manièro ;
Leis agachoun sount amoundaou
Oou galinié, quan fa fresquièro,
L'a deque n'en toumba malaou.
Lou franciot, en home sagi,
Que counoui touti leis usagi
De nouastro civilisatien,
Tout en retenen lou prussien,
Pren l'escalié de la terrasso,

Negre coumo un paquet d'estrasso,
Piquo à l'endrech de la factien.
Mai, uno vouas, dins la capello :
« On n'entre pas ! » respouende leou.
Lou franciot, pluguo parpello ;
Resten rede coumo un claveou.
Lou peze gros, su la tooulisso,
En esperan, d'aise si glisso ;
Per escouta... fasié gémi.
D'oousi, gès de bru, en ami ;
Repiquo en moooudissen sa maire.
La memo vouas, d'uno coumaire,
« On n'entre pas ! » réparte mai.
Oh ! per lou coou, cresie jamai
Servi de bouffon à Guignollo ;
Fa l'aoubré dre su seis guibollo,
Jaoune coumo un troué d'amadou...
Penso un poou quan lou pétadou
Demangeo d'aquello manièro.
En d'aqueou moumen, uno nièro,
Tout lou sang, pourrie ti suça.
Lou preguo-dieou, toujou pressa ;
Subran de coulèro s'empouarto...
Aquesto coou souquo la pouarto ;
Pâle, coumo va sount leis mouar,
La memo vouas, coumo negado,
Li creido enca, creban lou couar :
« On n'entre pas ! » tant boulégado,
La cadaoulo subran si duerbé ;
Lou Parisien oou soou toumbé,
En si vesen davan la gabi,
D'un papagai, guignan de l'uei...

— Ben lou bouen souar ! per ooujourd'hui,
Ami, vaquito ce que sabi.

S'éri sénatour!

A PAUL CHAUMÉRY

Voudriou, enfan de la poourio,
Se mi noumavoun sénatour,
Voudriou faire fièro à Mario
D'un sooutoir de set à huech tour.
A meis amis, vo counouissenço
Et lou galegeaire Coouvin,
Fariou, per ma recouissenço,
Chima un gros bariou de vin.

Eis delegua de ma countrado
Me plesi serrariou la man,
En li disen : « Meis cambarados,
« Pensas toujou oou lendeman.
« Quan serai dins la capitalo,
« Au Sénat, mi comprénès ben,
« Prêcharai, per touto moralo,
« De vite partagea leis ben.

« Sarès counten de ma journado,
« S'un jou, avès besoun de ren,
« Souveti-mi la boueno-annado
« Et toujou grands amis saren.
« Me leis sénatour, mei counfraire,
« Voudrai l'amnistio eis proscrit
« Per que l'enfan vigue soun paire,
« Suivan la lei de Jesu-Chrit.

« Faren ensemble lou divorço,
« Expulsaren l'home d'argen,
« Abattren la lei de la forço,
« Médaillaren touti lei gen.
« Dounaren de mestre d'escolo
« Eis enfan que sount p'abeta ;
« Et coumo rei de faribolo
« Noumaren moussu Gambetta.

« De ce que ven de la campagno
« Deminuren l'impousitien,
« Oousiren plus ni plour, ni lagno
« Dins la grando Révoulutien.
« Si pagara plus gès de rento,
« Saren touti mestre d'oustaou,
« Per que lou paoure agué pas crento,
« Demouliren leis espitaou.

« Enfin ! per vous estr' agréablé
« Fariou ce que demandarias,

« Sariou généroux, bouen, affablé,
« Escoutariou quan creidarias.
« Se voulé que douni la provo
« De ce qu'avanço l'amatour,
« Croumpa-mi, vuei, faquino novo,
« Deman, nouma-mi sénatour. »

Per lou Batèmo

A MOUN ENFAN

Lou printems dins abreou, souris à la naturo.
L'aoubré pousso et leis chams reprenoun la verduro.
L'oousseloun, dins lou nis, canto soun gai refrin
Et la filletto danso oou son doou tambourin.

En buven, lou peisan, embrasso la peisano.
Lou souleou su la terro espandissé sa vanno.
Lou firmamen es blu, bouffo qu'un pichoun vèn...
Mai, veici, d'amoundaou qu'un beou nistoun mi vèn.

Segue béni, lou Dieou que soulageo moun âmo ;
Mandan, dins moun oustaou, doou paradis sa flammo,
De sa divino man, mi souvendrai toujou ;
Et de la mèro ooussi que li douno lou jou.

Enfan, siès arriba dins la marrido époquo ;
Nouestro barquo en tremblan es presquo su la roquo;
Qu soou sé, dins lou port, li toucaren ben leou ;
Et couro dins lou peis lusira lou souleou.

A tu, quès que ti fa que la patrio expiré?...
Venès, senço saché ço quès qu'un rei, empiré ;
Adusès, en risèn, la joyo dins leis couar.
Per tu, es lou matin ; es, per n'aoutreis, lou souar.

Quan, pu tard, seras grand, suiviras drècho routo ;
Coumo un brave crestian, faras lou bèn, escouto...
Fugiras lou flanur, aimaras teis paren ;
Vendras nous counsoula, quand de vieillar saren.

Regardo... aven choousi lou peirin, la meirino ;
Hounourorei, enfan ! doou found de ta peitrino,
Fai, suiven seis counseou, tout per leis imita ;
Car, un es lou travai et l'aoutro la bounta.

Pui, quan lou bel estiou, revendra mai ti veire,
Se sian en vido o ben se douarmen dins San-Peire ,
Ooublidaras jamai qu'ès dedins Tarascon,
En l'an septanto-noou, que siès neissu, moun bon !

LOU MARCHAND DÉ BROUSSO DÉ PICHAOULI

Scèno coumiquo

A M. MARIUS CADENEL

(*Criant*). O... leï bello brousso de Pichaouli ! (*Pas de danse*) (1).

Refrain.

Sieou counueïssu dédins Marsio,
　　Coumo lou loup blanc.
Et lou Queyras, vian moun génio,
　　Devèn tout tremblant.

Il court et s'arrête avec un pas de danse.
　　　　(*Avant de donner la recuite*).

1ᵉʳ *Couplet.*

Bien poliment, z'arranze la pratiquo ;
Vous le voyez, ze suis un fin ratier.
Si, dans la brousso aï mès ma poulitiquo ;
S'apprend pas moi, z'exerce mon métier.

　　　　(*Donnant la recuite*).

(*Parlé*). Bien le bonzour... (*Pas de danse*).
Voou vous diré pourquoi z'exerce ce métier. Z'avais
plus rien à faire, eune ideïe m'y vient... Maï avant dé
vous dire l'ideïe, escoutez-moi z'un peu.

---

(1) Le pas et la syllabe *li* finissent ensemble.

(*Criant*). O... lei bello brousso dé Pichaouli! (*Pas de danse*).

Dé Pichaouli, villaze situé pròce du Roule (département des Brousses-du-Rhône) ; dans notre Provence, nous pèlons pas bien les mots par son nom, c'est égal, cet endroit, il est sur la carto zoolographiquo. (*Au refrain*).

Maintenant, revenons z'au pourquoi ze vends des recuites.

2° *Couplet.*

Meïs ueïls si virèroun en oli ;
Un jou, légissèn lou journaou,
Qu'aviès vis, lou bravè Pichaouli,
Flattavo pas, aqueou gournaou.

(*Parlé*). Désié coumo aco : « Nous apprènons avec plaisir qu'un villaze doou nom dé Pichaouli (Provence) passe pour le rival dé la Hollande et dé la Gruyèro... car des étranzers, venus d'ailleurs, disent que dans Marseïo, on ne consomme et l'on ne parle que des recuites de Pichaouli... » Lou légissi douï coou, crésieou mestré troumpar, douï coou lou même articlé... « L'on ne parle que des brous... non des recuites de Pichaouli... Oou mot *li,* uno inspiratien, coumo Jeanno d'Arc, m'y vèn ; m'y dreïssi, et voou faïré l'empletto dé quoouqueïs paniers dé broussos, et despuï...

Sieou counueïssu dédins Marsio,
Coumo lou loup blanc,
Et lou Queyras, vian moun génio,
N'èn dévèn tremblant.

Il court et s'arrête avec un pas de danse.

3° *Couplet.*

Quand leïs enfan, leïs gens dé touto sorto,
Mé mon capeou, mi viguèroun véni,
Après mon corps, faguèroun la cohorto;
Et dé broussoun n'èn poudiou plus téni.

(*Parlé*). Ah !... n'aï ben fach toumbar dé gavoué à
facho dé cénobré, émé sei capeou dé feutro rascous, seïs
chévus frisant coumo dé baïonnetto, seïs pantalons espès et
seïs souliers à diamants...

Qu'unteïs vouas dé grapaou... Jésu Maria... « Eïs
brrrousso ! Eïs brrrousso ! (beurre frais...) » (*contrefaisant
leur voix*). Qu'es dévèngu Marsio... sé nouestreïs reïré
grands révénièn, dirièn qué sian bèn arrièra. Aro... dins
leïs ateliers, su leï plaço, dins lou coumerço, dé partout,
vias rèn qué dé gavoués, d'anglès, de prussiens, d'italiens,
ben gaïré dé marsiès. Oh ! leï gavoués... buaï dé touti
éli...

(*Criant*). O... leï bello brousso dé Pichaouli.

(*Pas de danse*).

(*Parlé*). Sont dégourdis coumo dé limaçons.

Sieou counueïssu, dédins Marsio,
Coumo lou loup blanc,
Et lou Queyras, vian moun génio,
Dévèn tout tremblant.

Il court et s'arrête avec un pas de danse.

4ᵉ *Couplet.*

En entèndèn ma vouas et ma cadenço,
Lou viei bourgeois qué soumeillo à l'oustaou,
Dis à sa bonno : « Es lou mestré dé danso,
C'est Pichaouli qui brando lou mataou. »

(*Parlé*). Et dins soun couradou...
(*Criant fort*). O...... (*Il s'arrête*).

Et la bonno descèndé en courèn, en mi crèidan :
« Chut ! chut !... Monsieur dort encore... » Li dieou, en
fèn la révéranço : « Mademoisello... pardon... si z'avais
su... mille pardons... (*Il lève le chapeau*). (*Un pas de
danse et faisant semblant de donner la recuite*). — Merci.
— Oou revoir, gentille belle... Va... Savieou qué vingt
ans !... »

(*Criant*). O.... leïs bello brousso dé Pichaouli. (*Il
sort*).

ANECDOTO

A MARIUS DELMONTE

Un peisan de peipin
Qu'èro un paou galoupin,
Per veire sa Lucio,
Lou dissato à Marsio,
Atalo donc son muou,

Oou leva doou souleou,
Pren soun fouei, sa baretto ;
Mounto su sa caretto ;
« Faï tira, Marius. »
Vaqui qu'à l'Angelus
L'appétit si va sentré,
Coumençavo, son ventré,
A estre destendu,
Mai per lou faire du,
Tiro sa coustelletto
Et soulet fa goustetto,
Toujou fasen camin...
Per banni lou chagrin,
Quand a fini ripaillo,
Coumo dessu de paillo,
S'estende per dormi ;
Confiant à l'ami,
Moussu lou muou, la routo...
Un nouma meste Mouto,
Un galegeaire de l'endre ;
Gros finas, fouesso adre,
Que per aqui passavo...
Lou vian que roupiavo
Su sa caretto ensin ;
Daïsé, coumo un cousin,
(Un mouissaou que detesti),
Li réviro la besti
Que camino à l'oustaou.
Per lou muou, ren de taou,
Que loungea la remiso...
Per bounhur que la biso
Avie, de frescoulet...

Lou muou dreisso coulet,
Et vesen maï l'estable,
Ti bramo coumo un diable.
Tant fouar que lou peisan,
Que trouvavo amusan
Un songi, si revio...
En dian : « Vaqui Marsio. »
Si redreisso counten,
Per gès perdre de ten,
En frottan sa parpello :
« Eici tout mi rappello
« Moun poulid villageon...
« Lou couar mi fa mangeon. »
Oou soou, vaqui que saouto,
Et rougé deis douès gaouto
Si di, tout esplanta :
« Oh ! que siès abeta !... »

A TU

A M^{llo} T. CHENAL

S'un jour aï quoouqueï pié, bastiriou mon empiré,
Achétarieou, per tu, un poulid cabanoun
M'un jardinet flouri, m'ountanarian ben riré,
Escarta dé la villo et doou bru doou canoun.

Aqui, ren qué touei dous, viorian dins lou déliré.
Dessouto d'un treillar, farian nouestré saloun.
Puei, m'embrassariès fouar, perqué vanessé diré
Echo, qu'ès escoundu, dé valloun en valloun.

Cassis sarié l'endré qué choousirié ma muso...
Sé vésiés, coumo es beou, quand lou ven ri, s'amusó,
Et ploungeo, din la mar, lou flanc d'un bastimen.

Sé vésiés leï coulino émé seï raoubo verto ;
Sé sentiès lou parfum dé sei roso deberto
Diriès : Restan eici, jusqu'oou darnier moumeñ.

DU MÊME AUTEUR

Lou Jacot indiscret, conte.
Lou portrait de Nourado.
Un tour de bedeau, Toiné.
Leis doues Marchandos, dialoguo.
Lucio, romanço, (musiquo de M. José Protti).

PROCHAINEMENT (N° 2)

L'Anchoueiado, récit.
Coumo sias counten, cansounetto.
Vivo la Républiquo, cansoun.
Flanello ! lamentatien.
Che ne sais bar où gommencer.

Draguignan. — Imprimerie Gimbert fils, Giraud & Cⁱᵉ.

DU MÊME AUTEUR

Lou Jacot indiscret, conte.
Lou portrait de Nourado.
Un tour de bedeau, Toiné.
Leis doues Marchandos, dialoguo.
Lucio, romanço, (musiquo de M. José Protti).

PROCHAINEMENT (N° 2)

L'Anchoueiado, récit.
Coumo sias counten, cansounetto.
Vivo la Républiquo, cansoun.
Flanello! lamentatien.
Che ne sais bar où gommencer.